LES PÉPITES DE LA PRESSE

EN 2021

ISBN : 978-2-412-07029-1
Dépôt légal : octobre 2021
Imprimé en Espagne par EGEDSA en septembre 2021

Illustration de couverture : Fred Sochard
Mise en pages : KN Conception
Correction : Marjorie Poitte

Éditions First, un département d'Édi8
92, avenue de France
75 013 Paris – France
Tél. : 01 44 16 09 00
Fax : 01 44 16 09 01
E-mail : firstinfo@efirst.com
Site Internet : www.editionsfirst.fr

ADRIEN GINGOLD

Ajt À JUSTE TITRE

LES PÉPITES DE LA PRESSE EN 2021

FIRST
ÉDITIONS

Préface

Pour vous donner une idée de l'année qui est en train de se terminer, rappelez-vous qu'en 2021, on a disputé l'Euro 2020 et les JO 2020. **Sacrée ambiance !**

2021 était censée « rattraper 2020 », c'est vite devenu une seconde année blanche. La lutte contre la covid-19 s'est transformée en bataille rangée autour des libertés individuelles : on attendait toutes et tous un moyen de sortir de la crise, on en a trouvé un nouveau pour se diviser.

Mais y a pas que la covid-19 dans la vie ! **Un monde confiné, un monde meurtri, un monde limité, oui, mais un monde qui sait se réinventer !** Même en pleine pandémie, les pros du fait divers n'ont pas chômé en 2021, et le compte-rendu qui suit finira de vous persuader de la capacité du genre humain à se surpasser en toute situation.

Et quelque part, bizarrement, c'est beau.

Cette année, on a découvert en Irak le premier cas de triphallia (ou triple pénis) chez l'homme, un curé de Lisbonne s'est payé 19 voitures grâce à l'aumône, un artiste italien a vendu une sculpture invisible pour plus de 15 000 euros, une prise d'otages dans une prison suédoise a pris fin grâce à une livraison de pizzas, Dubaï a créé de la fausse pluie, un Japonais a rencontré un énorme succès en étant « loué pour ne rien faire » et, dans l'espace, Thomas Pesquet a ouvert le salon de coiffure « en apesant'hair ». En France, un homme a voulu déposer 66 centimes sur son compte, la Banque postale lui a demandé l'origine de ses fonds.

Bienvenue dans le monde d'après.

« L'année commence avec un moment embarrassant » : le maire d'Anvers surpris sans pantalon lors d'une interview

France Info

Pays-Bas : payer ses leçons d'auto-école en nature, c'est légal

Ouest-France

CODE DE LA CROUPE

Loto : pour remporter les 13 millions d'euros du Nouvel An, il avait joué le code-barres de sa sauce piquante

France 3 Auvergne-Rhône-Alpes

Pour se venger de l'État, il fonce sur la gendarmerie

Le Figaro

Il se dispute avec sa femme et jette son bracelet électronique, préférant retourner en prison

Actu Nouvelle-Aquitaine

Il réserve un trajet Orléans-Paris en BlaBlaCar et fait le voyage en limousine

Ouest-France

Enfermée dans des toilettes publiques, une Toulousaine douchée par le nettoyage automatique

La Dépêche du Midi

Un professeur oublie de couper son micro pendant la pause et déclare à ses élèves qu'il prépare... « un examen de pute »

Sudinfo

Elle poignarde son mari en découvrant
des photos de lui avec une femme...
qui s'avère être elle

CNews

Un char d'assaut tire par erreur sur un élevage de poulets en Italie

Sud Ouest

UN VÉRITABLE POULET DE CANON

Leur bébé est né sur l'A48,
ils obtiennent une année
d'autoroute gratuite

20 Minutes

Il vole une voiture puis fait demi-tour pour faire la morale à la victime

Autonews

Au Japon, le parti au pouvoir veut bien intégrer plus de femmes, à condition qu'elles ne parlent pas

CNews

Dakar 2021 : après une dispute,
un pilote abandonne son équipier
en plein milieu du désert

Ouest-France

ENTRÉE PLAT DÉSERT

Pour 5 euros, elle loue ses chèvres pour des réunions Zoom et fait un carton dans le monde entier

CNews

Amies depuis huit ans,
elles découvrent qu'elles sont
en fait sœurs

La Nouvelle République

Il vole un téléphone, puis se ravise quand il voit le petit ami baraqué de la victime

Ouest-France

Comité de concertation : suite à un avis négatif des experts, le gouvernement décide de ne rien décider

RTL

Spéciale Covid

Floride : elles se déguisent en grands-mères pour obtenir un vaccin contre la Covid

Le Point

Covid : la Chine aurait fait subir un test anal « par erreur » à des diplomates américains

Le HuffPost

La Baule : le joggeur part
à la nage pour échapper
au contrôle de la police
après le couvre-feu

France 3

**Covid : infecté malgré
son verre d'urine de vache
quotidien**

L'Essentiel

Au Chili, ils se pensaient vaccinés
mais se sont vus administrer
des doses pour chien

Le HuffPost

Toulouse : venu chercher le fils d'une amie au centre de loisirs, il repart avec le mauvais enfant

La Dépêche du Midi

Un cambrioleur appelle la police par mégarde en s'asseyant sur son téléphone

CNews

Un Anglais tente d'envoyer un wrap et un samossa dans l'espace avec un ballon... ils atterrissent dans la Somme

LE WRAP, C'ÉTAIT MIEUX AVANT

Ouest-France

Il raconte des blagues à sa femme... l'amant de celle-ci, caché sous le lit, éclate de rire

L.frii

Des scientifiques ont appris à des épinards à envoyer des e-mails

Euronews

La police pensait avoir saisi 1 million d'euros de MDMA : c'était de la poudre de fraises Tagada

L'Obs

À 8 ans, il ramène un couteau à l'école et met un coup de tête au directeur

Le Point

Pour la Saint-Valentin, elle offre à son mari toutes les photos sexy qu'il a likées sur Instagram

Métro

C'EST LA TENSION QUI COMPTE

Le tribunal de Reims interroge une voleuse, elle répond au juge « Mytho de tes morts »

L'Union

PARLEZ PLUS FORT, GITAN RIEN !

Elle vole la carte bancaire de sa collègue pour offrir des cadeaux à son chat

L'Est républicain

Toulouse : à l'arrêt, le conducteur cédait tellement le passage qu'il s'était endormi au volant

Actu Toulouse

Tribunal de Perpignan : « Je n'ai pas vu ma fille depuis 6 mois »… « C'est normal elle n'a que 4 mois »

L'Indépendant

Recherché pour un braquage,
il devient gendarme

Le Matin

Il fume la chicha en conduisant : sa voiture prend feu

Le Progrès

Après trois rendez-vous galants,
il lui demande de lui rembourser
ses consommations

Capital

Une chaîne YouTube d'échecs bloquée par une IA à cause des termes « noirs » et « blancs »

CNews

Tesla : le pilote automatique confond la Lune avec un feu orange

CNews

La justice confisque sa fourchette à fondue

L'Est républicain

Une promeneuse britannique pense avoir découvert des restes humains, il s'agissait en fait d'une pomme de terre

Nice-Matin

À court de gel, elle utilise de la superglue pour se coiffer et finit à l'hôpital

CNews

Un artiste italien a vendu une sculpture invisible plus de 15 000 euros

Ulyces

Le plasticien qui a vendu une sculpture invisible à 15 000 euros est accusé de plagiat

GQ

Il « jouait à chat-bite » avec ses apprentis, le carrossier condamné pour agression sexuelle

Var-Matin

VIENS CHEZ MOI, CHAT-BITE CHEZ UNE COPINE

Ils s'appellent tous Eloi et se retrouvent pour l'apéro

Le Parisien

Limoges : leur ado de 15 ans refuse de débarrasser la table, les parents appellent la police

France Info

Une femme constamment fatiguée place une caméra dans sa chambre et découvre que son chat la tape 4 heures par nuit

Woopets

Une petite fille fait un doigt d'honneur à ses parents pendant l'échographie

Ulyces

Mécontent d'avoir perdu son permis, il semait des clous devant le parking du tribunal de Chambéry

France Bleu

Nice : une infirmière tire accidentellement sur une collègue avec le stylo pistolet d'un patient

France Info

INFIRME HIER, ET SURTOUT DEMAIN

On ne peut pas se retourner dans sa tombe, selon des chercheurs

State Afrique

Les menaces d'émasculation et de décapitation dont parle le maire de Rillieux « n'ont ni queue ni tête », selon un avocat

France 3 Auvergne-Rhône-Alpes

Accidenté, il continue de boire en attendant l'arrivée des gendarmes

Lyon Mag

Homme poignardé à Rennes : l'agresseur unijambiste se déplaçait « comme un ninja »

Ouest-France

Il défèque sur une grille d'égout et chute de douze mètres

Le Dauphiné libéré

ENCORE DÉFÈQUE NEWS

Climat : avec 80,8 °C, un nouveau record de température mondial établi

CNews

Il appelle 80 fois les gendarmes... pour leur dire des gentillesses

L'Est républicain

Vaucluse : il rase sa sœur
pour qu'elle rentre
dans le droit chemin

Le Dauphiné libéré

Yvelines : les quatre enfants ligotent leur père pour sortir faire de la trottinette et du roller

Actu17

Elle perd les eaux dans le train pour la deuxième fois en deux ans, avec le même contrôleur

France Bleu

PASS NAVIG'EAU

Il jette son employé sur l'autoroute près de Lyon après une dispute

Radio Scoop

Bloqué dans un immeuble à Vénissieux, un chat risque d'exploser d'ici vendredi

Le Progrès

La NASA retrouve des roches de Dordogne sur la planète Mars

France Bleu Périgord

Son nain de jardin volé donne des nouvelles par carte postale

Le Télégramme

Des surveillants de prison convoqués pour avoir fait la fête avec des détenus

RTL

Il vole une paire avec deux pieds gauches : 6 mois de prison ferme

Ouest-France

Nu, il se trompe de porte et se perd dans les couloirs d'un immeuble

Actu Les Sables-d'Olonne

Un employé japonais harcelé par un conseiller en harcèlement

Ulyces

C'est prouvé, les chiens sont plus heureux quand ils écoutent du reggae

Paris Match

DOG MARLEY

Il tire avec une arme, son voisin le calme en jouant avec lui aux jeux vidéo

Ouest-France

Vous soupçonnez votre enfant d'être surdoué ? Il est peut-être juste « chiant »

Le Figaro

Ain : elle vole un camion de pompier pour s'évader de sa maison de retraite

CNews

L'accusé : « Le cannabis, c'est comme quand je tue le cochon : j'en donne aux copains »

Objectif Gard

Corée du Nord : Kim Jong-un interdit la coupe mulet dans le pays

CNews

MARRE DES DICTATURES
MILIT'HAIR

Triphallia (ou triple pénis), un premier cas signalé chez l'Homme

Sciencepost

Un Congolais de 46 ans placé en garde à vue pour avoir forcé une gendarme à danser le « ndombolo » sur une place publique

LCI

Quatre mois de prison pour avoir volé les parents de son ex

Le Courrier picard

Il pète sur la police et plaide devant le juge en faveur de la liberté d'expression

Slate

Une journaliste se couvre de boue juste avant un direct pour faire croire qu'elle a aidé les sinistrés

La Libre

À seulement 23 ans, cette maman a déjà 11 enfants et elle en veut plus de 100

Métro

En dispute avec ses parents, il creuse une grotte dans leur jardin et s'y installe

GROTTESQUE

RTL

Doubs : leur pari de marcher tout droit pendant 10 km les amène à une rivière, la police les sauve

Ouest-France

Une femme tombe enceinte une deuxième fois pendant sa première grossesse

La Provence

Eure-et-Loir : un gendarme augmentait les taux d'alcoolémie pour améliorer ses statistiques

Sud Ouest

Vidéo : Jean-Michel Blanquer joue à la marelle et perd à chifoumi contre un enfant

CNews

Un homme jugé pour avoir mangé sa mère en Espagne

20 Minutes

Dunkerque : elle reçoit un plomb en pleine tête

Le Phare dunkerquois

DES NOUVELLES DU FRONT

Nu, en talons hauts, il prend le soleil sur un banc

Les Dernières Nouvelles d'Alsace

Il rate pour la 192e fois l'examen théorique du permis de conduire

Le Matin

Vaucluse : des chasseurs traquent une biche jusque dans une agence de Pôle Emploi à Orange

France Info

À Vannes, un Nantais qui cachait de la drogue dans son colon parle d'un « pur hasard »

Le Télégramme

Perpignan : il prend son copain pour une racine et lui roule dessus

L'Indépendant

VIEILLE BRANCHE

Spéciale Ivresse

Ivre, il roulait à 111 km/h au lieu de 50… pour aller chercher ses enfants

Le Dauphiné libéré

Ivre, un professeur emmène ses élèves dans un club de strip-tease et leur propose de l'alcool

CNews

Ivre, il change de nom et découvre
quelques jours plus tard
qu'il se nomme maintenant
Céline Dion

La Dernière Heure

RENÉ-SSANCE

Ivre, il se trompe de maison et tombe sur un Airbnb loué par trois policiers

Soirmag

Ivre, il tente d'échapper à la police
en se réfugiant… dans la gendarmerie

Les Dernières Nouvelles d'Alsace

Japon : il sortait avec 35 femmes pour avoir plein de cadeaux d'anniversaire

CNews

Cognac : il poussait son scooter le sexe à l'air

Charente libre

À Lisbonne, un curé se paye 19 voitures grâce à l'aumône

Courrier international

Un homme appelle la police pour retrouver son drapeau nazi

Le HuffPost

Agacé par le bruit des enfants dans la cour d'école, le maire de Laruscade sort un couteau

Actu Bordeaux

Isère : 30 minutes après avoir obtenu son permis de conduire, il prend le volant en ayant consommé du cannabis et de la cocaïne

Le Figaro

Zoo de Vincennes : il exhibe son sexe à une employée après une baignade avec les loutres

Le Parisien

LE COMBLE DE LOUTRE-CUIDANCE

Japon : un train arrive en gare avec une minute de retard

RTL

En plein entraînement, des artilleurs canadiens mangent à leur insu des space cakes

Slate

En réalité, l'argent fait bien le bonheur, selon une étude

CNews

Elle découvre qu'elle est recherchée depuis 21 ans **pour une cassette non rendue**

Le HuffPost

Arras : à 73 ans, elle se met toute nue au commissariat pour découvrir la garde à vue

Le Matin

À Bayonne, « faut pas que les vacanciers arrivent, sinon on leur balance des jambons »

LES FAMEUX GENS BONS DE BAYONNE

Libération

« C'est assez gênant » : une recette de cuisine publiée par inadvertance dans un texte de loi belge

La Libre

La police appelée pour un « déséquilibré » sur le parking du Forem de Liège : il s'agissait d'un étudiant en arts dramatiques qui répétait

Sudinfo

Un film porno diffusé dans la salle d'attente de l'hôpital de Bayonne : « ça a bien duré 20 minutes »

Midi libre

Un homme vole un Code pénal « pour mieux connaître la loi »

20 Minutes

Déguisé en Superman, il tente d'arrêter un bus à mains nues et se fait percuter

Yahoo

ÇA DOIT FAIRE SUPERMAL

À Erdeven, les naturistes défilent habillés, leur manifestation passe inaperçue

Ouest-France

Un soldat autrichien envié en prison pour son tatouage nazi sur le scrotum

Ulyces

L'Univers pourrait avoir la forme d'un « donut »

Trust My Science

DONUT STOP TILL YOU GET ENOUGH

Côte-d'Or : le GIGN intervient après une fête des Mères trop arrosée

France 3 Bourgogne-Franche-Comté

Un chien éjecté après un accident
réapparaît... en train de garder des moutons

Le Républicain lorrain

Marne : à 217 km/h au lieu de 80 pour que ses glaces ne fondent pas

Ouest-France

Elle commande des draps sur Internet et reçoit 3 kg d'amphétamines

Le Progrès

À Larmor-Plage, il vole l'argent de la quête, le vin de messe et l'eau bénite

Le Télégramme

Cette patronne laisse ses employés faire des « pauses masturbation » au travail

Ulyces

Le couple qui s'était enchaîné pour prouver son amour s'est séparé après 123 jours

MSN Actualités

À 84 ans, condamné pour avoir touché les testicules d'un employé de Jardiland

Charente libre

Subway : aucune trace de thon dans les sandwichs au thon

Capital

« Ça va, la claque que tu t'es prise ? » :
Emmanuel Macron interpellé par un écolier

LCI

Toulouse : un avion Ryanair décolle en avance, sans ses passagers pourtant à l'heure

Sud Ouest

Ancien maître-nageur, le retraité se lance dans la culture de noyers

L'Union

IL S'EST ENFIN JETÉ À L'EAU

Un homme atteint d'Alzheimer retombe amoureux de sa femme et l'épouse une seconde fois

Slate

Toulouse : sept ans après le spectaculaire casse d'une banque, le cambrioleur repenti est devenu coiffeur

La Dépêche du Midi

TOUT LE MONDE LES MAINS EN L'HAIR

L'auteur du jingle de la SNCF perd son procès face au chanteur de Pink Floyd

Ouest-France

C'est prouvé, ceux qui verrouillent leur voiture sont moins sujets au vol dans les véhicules

Jura.ch

Surréaliste : vendredi, le couvre-feu de Bruxelles commence à 22 heures et se termine à minuit

Le Vif

Le pass sanitaire ne sera pas obligatoire, sauf quand il sera obligatoire

Numerama

Il recharge son téléphone
en débranchant le frigo :
1 000 vaccins de perdus

Sud Ouest

« Être Breton n'immunise pas contre la Covid », le président de la région appelle tout le monde à se faire vacciner

France Info

Montpellier : le cambrioleur est arrêté
avec un masque Covid aux yeux
et des chaussettes aux mains

Midi libre

Une cycliste percute la grille de l'hôpital de Figeac : sa tête reste coincée entre les barreaux

La Dépêche du Midi

Ils célèbrent leur anniversaire de mariage, leur dîner est interrompu par une croisière de nudistes

LA CROISIÈRE S'ABUSE

Ouest-France

Ariège : il veut déposer 66 centimes sur son compte, la Banque postale lui demande l'origine des fonds

La Dépêche du Midi

Déguisée en ado, elle passe une journée incognito dans le collège de sa fille

20 Minutes

À 190 km/h, elle lâche le volant pour laisser « Dieu » conduire à sa place

Yahoo

Cette Miss Mexicaine arrondissait ses fins de mois comme kidnappeuse

Ulyces

À 70 ans, le plus vieil oiseau du monde pond un nouveau poussin

Le Progrès

Il tente de creuser sa piscine à l'explosif à Nice, d'importants moyens mobilisés pour stopper le chantier

Nice-Matin

Thaïlande : le premier ministre asperge des journalistes de spray hydroalcoolique après une question sensible

20 Minutes

IL A PEUT-ÊTRE PAS FAIT EXSPRAY

Un Britannique empile seulement cinq M&M's et bat le record mondial du Guinness

Slate

Le reportage sur la réouverture des clubs échangistes dérape : une journaliste danoise fait l'amour en direct à la radio

RMC

L'adjoint au maire vole le toboggan municipal

Paris-Normandie

Un groupe de castors suscite une enquête policière pour vol de poteaux de bois

Radio-Canada

ON RISQUE PAS DE LES REVOIR DANS LES BARRAGES

En Moselle, une mamie exhibitionniste terrorise tout un quartier

La Dépêche du Midi

Inondations à Reims :
« La situation s'est calmée,
elle revient à la normale »,
selon le maire Arnaud Robinet

BFMTV

UN MAIRE À LA COULE

Il harcèle sa voisine : SMS, lettres d'amour et… couscous

Le Républicain lorrain

Guerre : pour la première fois, des drones auraient attaqué des humains de leur propre initiative

Courrier international

Une femme réveillée par les ronflements du cambrioleur qui dormait au pied de son lit

Le Dauphiné libéré

Pour éviter que le voleur ne s'échappe de la station-service, elle lui fait une fellation

La Dernière Heure

Il se fracture verticalement
le pénis lors d'un rapport sexuel,
un cas très rare

CNews

**Il découvre que
son collègue est son fils**

L'Obs

HOMME AU FILS

Monopoly a perdu le monopole
du mot « monopoly »

Konbini

Interpellé avec des stupéfiants dans un appartement squatté de Montluçon, il tente de se faire passer pour Omar Sy

La Montagne

OMAR SI SEULEMENT

Au chômage, il fait payer le tuning de sa Seat à sa copine

Turbo

Il se faisait payer 5 500 euros par mois pour tondre la pelouse chez deux octogénaires

L'Avenir de l'Artois

Bénin : le patron de l'office de lutte contre le trafic de drogue arrêté pour trafic de drogue

Ulyces

Agen : il rentre chez lui à midi et retrouve un cambrioleur, attablé, en train de déjeuner

La Dépêche du Midi

Panique à la fête foraine : des châteaux gonflables projetés à dix mètres dans les airs avec des enfants dessus

L'Indépendant

Les tomates peuvent prévenir leurs voisines qu'une attaque est en cours

Slate

PSSST, ATTENTION, Y EN A UN QUI TOMATE

Insolite : Monsieur Chipot est boucher-charcutier

La Presse d'Armor

À Flixecourt, il baisse sa vitre, dit aux gendarmes qu'il n'a pas le permis et prend la fuite

Le Courrier picard

Voulant surfer sur la vague #freebritney, il se retrouve avec 10 000 tee-shirts #freebrittany

Le Télégramme

Pourquoi la fusée de Jeff Bezos ressemble-t-elle autant à une bite ?

Slate

PARCE QUE JEFF BAISOS

Chez elle, elle découvre un homme dans son lit… vêtu de son pyjama

20 Minutes

Spéciale Covid

Philippot utilise un pass sanitaire pour aller manifester en Italie contre le pass sanitaire

Le HuffPost

États-Unis : coincés par la neige, des soignants vaccinent au hasard

20 Minutes

Une Italienne de 98 ans guérit du Covid et découvre 475 000 euros cachés chez elle

Le Parisien

Il sort de 10 mois de coma et... découvre la pandémie de Covid-19

Le Parisien

Kidnappé, un homme est condamné à une amende pour avoir rompu sa quarantaine liée au Covid

Slate

Jean-Jacques Dordain, le Nordiste qui a marché sur le pied de l'homme qui a marché sur la Lune

La Voix du Nord

ATTENTION À LA MARCHE

Des jeunes qui jouaient au ballon menacés par une vieille dame armée d'un fusil et d'un revolver

L'Est républicain

Dôme de chaleur au Canada : un milliard de crustacés cuits sur les rochers

Le Point

Une prise d'otages en Suède s'achève après neuf heures et une livraison de pizzas

Le Figaro

Thomas Pesquet ouvre « en apesant'hair », le salon de coiffure de l'ISS

Le HuffPost

Il déclare sa flamme avec une cartouche de fusil, elle pense à une menace de mort

L'Est républicain

Hervé se demande si les pigeons ne se font pas plus facilement écraser qu'avant :

« Suis-je le seul à remarquer ça ? »

RTL Info

Un enfant de 4 ans au volant d'une voiture renverse un piéton place du Casino à Monaco

Nice-Matin

Un fleuriste ouvre une boutique nommée « Ma Biche », un chevreuil percute la vitrine

Ouest-France

ÇA COMMENCE À FAON LA CAISSE

Écosse : un bâtiment en forme d'émoji « crotte » suscite la polémique

CNews

Il vend des contrefaçons, les gendarmes l'accostent

Actu.fr

« Habituellement, je ne bois pas, sauf les soirs et les week-ends »

Le Progrès

Nantes : il faisait croire à tout le monde (même à sa femme) qu'il était gendarme

20 Minutes

Toulouse : la fête tourne court quand le voisin exhibitionniste débarque avec un couteau

20 Minutes

AVEC SA BITE ET SON COUTEAU

Postdates : le service qui récupère les affaires oubliées chez votre ex à votre place

Creapills

Amsterdam ne veut plus des touristes « habillés en pénis »

Capital

Annecy : il invente la boule de pétanque asymétrique avec une betterave congelée

France Info

Pierrelatte : quand on lui téléphone, on tombe sur un Breton

Le Dauphiné libéré

Création d'un club de poneys : Compiègne n'est pas très à cheval sur la procédure

Le Courrier picard

TROT C'EST TROT !

Gad Elmaleh : ce jour où il a déféqué dans un sac sur scène

Closer

CAG ELMALEH

Deux semaines après sa crémation, leur chat revient gratter à la porte

Ulyces

Comment la saucisse de Toulouse s'est retrouvée au centre de tensions entre l'Europe et le Royaume-Uni

Actu.fr

Les gendarmes cherchent toute la nuit un coureur de trail... qui était à son hôtel

Le Progrès

Israël : des archéologues trouvent un œuf vieux de 1 000 ans... et le cassent

Geo

Le DJ Philippe Corti l'avoue : oui, il lui arrive de mixer avec son sexe

DICK JOCKEY

Voici

Un candidat du RN aux départementales surpris en train d'arracher ses propres affiches électorales à Cap d'Ail

Nice-Matin

En Chine, cette course de 100 mètres est remportée par... le cameraman

Le HuffPost

Espagne : elle coupe le pénis
de son patron au couteau après
une tentative d'agression sexuelle

Midi libre

Au Japon, une entreprise propose de louer des personnes en surpoids

Capital

Il laisse 16 000 dollars de pourboire au resto pour deux hot-dogs et des boissons

Ouest-France

UN CHIC TIP

Pourquoi avons-nous chaud dès qu'il fait un peu chaud ?

RTBF

Liège, plaque tournante de la tong

RTBF

La Redoute : un salarié mis à pied pour avoir mangé une clémentine gagne en appel

Le Progrès

La fin du télétravail ou le retour de l'appréhension de faire caca au boulot

Slate

Isère : ils demandent une scie à leur voisin pour faire disparaître un corps

Le Figaro

Spéciale Ivresse

Ivre, il emboutit une voiture et ne dessaoule pas pendant quatre jours

Le Dauphiné libéré

Ivre, il se fait tatouer des lunettes sur le visage

20 Minutes

Ivre, le faux Francis Cabrel veut aller en cellule de dégrisement

L'Est républicain

Saoul, il défèque dans sa main et s'en sert comme projectile

L'Avenir de l'Artois

Ivre, il tente d'entrer de nuit à La Poste, croyant que c'est un bar

Actu Pays de la Loire

TIMBRÉ

Isère : il avait investi tout son RSA
pour devenir dealer

Le Dauphiné libéré

Il confesse un meurtre bidon pour qu'on déneige sa route

Le Matin

Royaume-Uni :
un « Bonjour, mesdames et messieurs » dans un train provoque un débat sur l'inclusivité

France Inter

Il le frappe parce qu'il pue des pieds

Le Matin

Elle grille 49 feux rouges
avec la voiture de son ex
pour se venger de lui

LES FEUX DE L'AMOUR

Ouest-France

**Il fait placer une grenade
dans les toilettes
de son ennemi
pour se venger**

Les Dernières Nouvelles d'Alsace

Chine : il achète un club de foot et oblige le coach à aligner son fils de 126 kilos

So Foot

Une femme accouche dans un avion alors qu'elle ne savait pas qu'elle était enceinte

Le Figaro

Le divorcé doit verser 6 400 € à son ex-femme parce qu'il ne faisait pas le ménage à la maison

Ouest-France

Dubaï utilise des drones pour créer de la fausse pluie **et provoque des inondations**

Journal de Montréal

Elle risque de perdre 21 millions d'euros après avoir passé son ticket de loterie à la machine à laver

CNews

Poursuivie par des sangliers qui lui volent ses sacs de courses près de Rome

BFMTV

Jarcieu : à scooter sans casque, mais un verre de bière à la main

Le Dauphiné libéré

Une jeune maman perd les eaux au Puy du Fou, son bébé reçoit un « pass éternel »

Le Figaro

PERDRE LES EAUX AU PUY...

Trafic de cannabis : Jésus acheminait des tonnes de drogue dans les fermes d'Île-de-France

Le Parisien

Air France fait voler son premier avion à l'huile de cuisson

Ouest-France

Besançon : un homme chute de 12 mètres après avoir voulu uriner en haut d'un précipice

20 Minutes

PRÉCIPISSE

Millau : pendant quatre ans, son voisin lui faisait cadeau de ses étrons

Midi libre

À contresens sur l'autoroute avec un cadavre comme passager, il est arrêté par la police

Les Dernières Nouvelles d'Alsace

« Je ne suis pas un chat »...
Un avocat coincé avec un filtre chat lors d'une audience fait le bonheur du web

20 Minutes

Jo, l'homme qui a creusé sa propre tombe

LA JO'TOMBE

Le Télégramme

Le rappeur Lil Uzi Vert s'est fait implanter un diamant à 24 millions de dollars sur le front

La Voix du Nord

Loire : ivre et pressé d'aller voir des prostituées, il fonce sur des policiers

Le Progrès

Charente-Maritime : une avocate surprise en pleins ébats sexuels avec un détenu à la centrale de Saint-Martin-de-Ré

Sud Ouest

Pas-de-Calais : deux bouchers condamnés pour avoir mis la tête de leur apprenti dans un hachoir

Ouest-France

LA TÊTE DE L'EMPLOI

Isabelle Balkany, nouvelle chroniqueuse chez Cyril Hanouna

L'Alsace

Bus électriques à l'arrêt à Amiens : « On ne nous avait pas dit qu'ils ne marchaient que dans les pays chauds »

France Bleu

Selon une étude, les humains pourraient devenir venimeux

Geo

Aveyron : pris à 120 km/h,
le septuagénaire repasse à 130
dans l'autre sens

20 Minutes

Exaspéré, il détruit sa propre maison à coups de pelleteuse pour chasser son locataire

Midi libre

Bourg-en-Bresse : la bagarre dégénère à l'abattoir, l'employé perd un testicule

Le Progrès

SELON DES TÉMOINS, IL AURAIT PERDU LA BOULE

Il se fait voler sa moto à Nice et la retrouve deux mois plus tard dans un clip de rap

Nice-Matin

Il construit une guitare avec le squelette de son oncle mort il y a 20 ans

Konbini

Sud-Gironde : Starsky et Hutch en garde à vue après un refus d'obtempérer

Sud Ouest

« Poule mouillée », « paresseux »... L'association PETA dénonce un langage trop oppressif envers les animaux

La Dépêche du Midi

Saint-Valentin : un cabinet d'avocats organise un jeu concours pour « tenter de gagner » un divorce gratuit

NeozOne

Il ouvre un carton de déménagement et y trouve un cadavre

Le Dauphiné libéré

Relaxé pour agression sexuelle mais condamné pour des poireaux saccagés

Le Progrès

Il se balade nu, un foulard autour de la taille, et jette du pain aux automobilistes

L'Est républicain

Yvelines : il tire sur son cousin parce qu'il fait un barbecue alors qu'il lui doit de l'argent

Le Parisien

SAW 6

À Plourin, il conduisait en plein couvre-feu, drogué, avec un autocollant ACAB sur sa voiture

Le Télégramme

La future mariée meurt le jour du mariage, il épouse la sœur

ÂME SŒUR

CNews

Sainte-Geneviève : il boit au volant, s'accidente, menace les gendarmes puis se masturbe

Le Courrier picard

Un jeu de cartes sans roi ni reine ni valet pour l'égalité des sexes

Le HuffPost

Il tue son cambrioleur et vit avec son cadavre pendant 15 ans

Le Matin

Il vole l'argent de la tirelire de l'église avec du scotch et une règle

Le Républicain lorrain

Non, Bill Gates ne veut pas « tuer des millions de personnes en bloquant le soleil »

AFP

Bordeaux : interpellés en train de vendre des morceaux de bouillon déshydraté comme du cannabis

Sud Ouest

ET VOS IDÉES ONT DU GÉNIE

Valence : il coupe un platane dans le centre-ville en pleine nuit

Le Dauphiné libéré

Passionné de météorologie, Rémy prédit le temps grâce à des oignons

France 3 Occitanie

États-Unis : la créatrice des moufles de Bernie Sanders croule sous les demandes

France Info

Une Britannique blessée à la bouche après avoir confondu des feux d'artifice avec des bonbons

7sur7

Le guitariste de Queen, Brian May, sort un parfum senteur blaireau

RTS

États-Unis : Joe Biden fait supprimer du Bureau ovale le bouton à Coca Light de Donald Trump

BFMTV

Paris : une policière interpellée avec ses trois complices en plein braquage

Actu17

Un homme alcoolisé percuté alors qu'il « jouait à la corrida » avec des voitures à Callian

Var-Matin

Un livreur refuse de « livrer les Juifs » à Strasbourg

BFMTV

DÉLIT-VERROU

Arrêté par le FBI pour l'assaut du Capitole, un policier dit qu'il était là pour voir les œuvres d'art

Slate

À Lampaul-Plouarzel, elle déplaçait les pierres tombales **pensant trouver de la drogue**

Le Télégramme

Le patron de Marlboro veut faire interdire les cigarettes

Capital

Feurs : il a frappé son père parce que les escalopes étaient trop cuites

TOUTES D'ESCALOPES

Le Progrès

Retrouvé pendu à Belforêt-en-Perche, un homme est sauvé par les pompiers puis agresse les gendarmes

Ouest-France

Le milliardaire chinois Jack Ma a disparu depuis qu'il a critiqué le gouvernement

CNews

Japon : il propose d'être loué « pour ne rien faire » et c'est un succès

Ouest-France

Un retraité déambule nu dans la rue : « Lorsqu'une femme se promène en jupe, on ne dit rien »

Var-Matin

Casse spectaculaire à Vernaison : ils fuient avec le distributeur de billets et le perdent en route

Le Progrès

Un hacker prend le contrôle de ceintures de chasteté connectées pour homme et exige une rançon

01net

LES BOURSES OU LA VIE

À bord de son tracteur et ivre, un Berrichon tente de semer la gendarmerie de la Nièvre sur l'A77… à 30 km/h

France 3 Centre-Val de Loire

Spéciale Covid

Après des armes, des bières, aux États-Unis un joint en récompense aux personnes vaccinées

L'Indépendant

On la croyait décédée des suites du Covid-19, une femme se réveille juste avant son incinération

Ouest-France

Japon : une ville dépense ses subventions Covid pour la construction d'une statue de calamar géant

BFMTV

Covid : les parcs d'attractions rouvriront… mais sans leurs attractions

BFMTV

Pour « tester » le couvre-feu, elle promène son ami en laisse

Le Dauphiné libéré

Besançon : flashée 33 fois,
elle ignorait le fonctionnement
du radar tronçon

L'Est républicain

**Jeux Olympiques :
une Autrichienne utilise
un préservatif pour réparer
son kayak**

RTL

Savoie : les gendarmes secourent une voiture qui voulait skier sur les pistes, le conducteur positif aux stupéfiants

France 3 Auvergne-Rhône-Alpes

EN ÉTAT D'ARRÊT-STATION

Fort-Mahon : elle entre en prison le jeudi, son mari en sort le samedi

Le Courrier picard

Il se trompe de cheval et gagne près
de 300 000 euros au PMU

Actu.fr

**Il s'injecte
des champignons
hallucinogènes,
ils commencent à le dévorer
de l'intérieur**

CNews

Gironde : arrêté nu et en bas résille
dans les bois

Sud Ouest

Le point de deal était indiqué sur Google Maps

Le Bien public

Rejoignez l'auteur

sur son Instagram :

@ajustetitre